항아리에 담은 기도

항아리에 담은 기도

이은순 시집

도서출판 책마루

서문

말레이시아 페낭에 온지가 3년을 넘어갑니다.

적도 부근에 위치하여 사철 변화가 적은 이곳은, 한낮이면 뜨거운 열기로 가득합니다. 30도를 오르내리는 탓에 사람들은 낮이나 밤이나 냉방시설에 몸을 맡기고 사는데, 그나마 때 없이 내리는 짧은 소나기가 잠시 더위를 식혀주고 마음을 싱그럽게 바꿔주곤 합니다.

이곳에 와서 제일 먼저 연동교회를 찾았고, 재스민 울타리로 싸인 수영장에서 수영을 배우며 새로운 이웃을 만났습니다. 이젠 많이 친해지고 정도 쌓여서, 교회 사람들과는 한 가족이 되어 사랑으로 안아주고 손잡아주며 함께 지냅니다. 그분들은 칠순이 지난 저를 영원한 소녀로 불러주며 곁에서 늘 챙겨주시곤 합니다.

잊지 못할 그 고마움과 감동, 교회식구들과 주고받은 시편지 등, 삶의 아름다운 순간들을 이 시집에 담았습니다. 이 아름다움을 여러분 모두와 함께하고 싶습니다.

2019년 3월
이은순(페낭연동교회 권사)

목차

1부

나의 봄날 · 12
항아리에 담은 기도 · 13
꽃술에도 취하나요 · 14
학의 전설이 익어갈 무렵 · 15
꽃배 떠나다 · 16
속삭이는 사람 · 17
여인과 호수 · 18
당신의 얼굴 · 19
하얀 목련이 피면 · 20
꽃피는 교회 · 21
교회에 가면 · 22
눈으로 그리는 꿈 · 23
그대에게 · 24
아름다운 무기 · 25
묘목으로 심은 눈썹 · 27
봄이 오는 소리 내가 준 선물 · 28

2부

이국의 밤비 · 31
주님의 해바라기 · 32
시인 · 33
봉숭아 꽃씨 · 34
축복의 통로 · 35
노인과 소년 · 36
십자가 군병 · 37
찔레꽃 · 38
하나님의 말씀 · 39
오십 링깃에 팔린 노년의 인생 · 40
작은 천사 · 41
오월의 풀꽃처럼 · 42
참새 방앗간 · 43
보리굴비 · 44
고모반찬 · 45
하나님의 일꾼 · 46
노신사와 산천어 · 48
뒤태가 아름다운 여인 · 49

3부

꽃잎 되신 울 엄마 · 52
아름다운 내조 · 53
향기로 말을 한다 · 54
시로 쓰는 편지 · 55
천상의 연인 · 56
작은 주방 · 57
굴 파는 여인 · 58
숲 · 59
고향을 닮은 그녀 · 60
서울 쥐와 시골 쥐 · 61
어머니의 농사 · 62
자유로운 영혼 · 63
꿈나무를 위하여 · 64
공항 패션 · 65
신선한 바람으로 온다 · 66
노래로 걷는다 · 67
단풍 · 68

4부

그리운 조국 · 71
주님의 마음을 닮은 · 72
긴 머리에 핀 꿈 · 73
남자가 차린 밥상 · 74
천사의 노래 · 75
한복 장인 · 76
손끝의 진주 · 77
이방인의 미소 · 78
손녀와 할아버지 · 79
희야 · 80
중2의 반란 · 81
사랑 밖에 모르는 가족 · 82
황혼의 기도 · 84
내가 만난 천사 · 85
발리 아주머니의 · 86

추천사 · 88

1부

나의 봄날

나의 봄날

어느새 겨울이 지났던가

얼어붙은 가슴을 녹이며
잊고 있던 기억을 깨우며
꽃씨가 싹트고 있다

동물들이 뛰어다니는 앞뜰과
푸름이 맞닿은 식물들
빨간 장미가 순간처럼 왔다가는
이곳은 사철 여름이지만

내 마음은 언제나 봄날
그리운 봄꽃들이 피어난다

항아리 속애 담긴 기도

새벽을 깨우는 시간은
그녀에게 성스러운 시간이다

하나님의 눈을 맞추는
그녀의 하루는 언제나
말씀을 귀에 걸어놓고 산다

이웃 형제에게 손 내밀어
자동차 옆자리에 앉히며
새벽을 기쁨으로 열어간다

말씀 안에서 주님을 만나고
말갛게 씻긴 가슴속
나를 이기고 세상을 이기는 기도는
은혜의 샘물로 가득하다

성령의 은사로 버무린 양념
그녀의 기도 항아리는 오늘도
깊이 발효된 사랑으로 익어간다

꽃술에도 취하나요

구역 식구들과 이사예배를 마치고
집주인의 단골 식당으로 갔다
맛있는 식사가 계속되고
서로의 이야기가 오고 가면서
묻어 두었던 추억이 터지고
활짝 피어나는 이야기들이
점점 발효가 되어갔다
찌들었던 칠십, 생의 보따리에서도
발갛게 익은 술이 쏟아져 나왔다
내 얼굴이 달아올랐다
꽃술에 흠뻑 취한 날이었다

학의 전설이 익어갈 무렵

천 년을 산다는 영물의 학
신선이 타고 다닌다는 전설의 학

학의 전설이 내 맘에서 익을 때면
맑은 마음으로 무릎을 꿇고
기도하는 여인을 마주한다

모든 욕심을 내려놓은 눈
쉼 없는 하루하루를 털어놓은 듯
여인의 기도는 숲처럼 신선하다

다소곳이 숨고르기를 하며
천 년의 날들을 위해
다시 날개를 펴는 학
날아오른다

꽃배 떠나다

조용한 오후
수영장 울타리에 둥지를 틀고
보랏빛 꿀등을 밝혀
누군가를 애타게 기다리는 그녀

젖은 눈매에 찰랑이는 그리움
혼자서 찰박찰박 헤엄쳐간다

뙤약볕에 달구어진 정을 싣고
꽃배 떠나간다

돌아오지 않는 세월은 멀리 있고
잡을 수 없는 바람이 비늘을 떨군다

흔들리던 한 세월
지느러미가 되어
말없이 꽃배는 떠나간다

속삭이는 사람

조용한 그는
늘 속삭이듯 말한다

꾸지람을 할 때도 조용히 타이르고
누군가를 가르칠 때도 핵심을 짚어가며
조곤조곤, 문제를 통한 답을 찾는다

시끄러운 사람도 조용한 사람도
그와 이야기를 할 때면
조용조용 속삭이게 된다

그의 입가에는
한 발 뒤로 물러서서 생각할 수 있는
마음의 평온함이 숨어있다

여인과 호수

호수의 잔잔한 물처럼
여자의 마음은 고요하다

저 높은 곳을 향하는
그녀의 믿음은
쉬지 않고 기도의 물갈퀴를 젓는다

흐르는 물처럼
떠도는 아픔을 웃음으로 배웅하고
흘러간 물처럼
떠나간 소망을 다시 끌어안는다

주님의 말씀을 닮아가는
간절한 기도는 은혜의 찬송이 되어
달빛으로 쏟아진다
별빛으로 빛난다

당신의 얼굴

순한 당신의 얼굴에서
주님의 사랑을 먼저 봅니다

손이 큰 당신의 풍성함에서
주님의 주신 복을 세어봅니다

웃음이 커다란 당신 입가에서
하나님의 말씀이 새겨지면
날마다 주시는 평안함이
어머니 가슴보다 따스합니다

주님을 사랑하는 마음이
날마다 더하여지고 있습니다

하얀 목련이 피면

그대 얼굴에
하얀 목련이 피면
환하게 웃어주는 사람

입가에 꽃길을 만들고
손짓하는 그대

그대 얼굴에
활짝 꽃이 피면
다정한 손 내어주는 사람

오늘도 그대는
한 송이의 목련 꽃잎
눈이 부시다

꽃피는 교회

꽃이 피면
손잡은 형제들이 하나 둘
하나님의 교회에 모여들고
주님을 경배하는 잔치가 열립니다

웃음으로 은혜의 찬송을 부르며
한 마음으로 여호와를 찬양합니다

성령님이 운행하시는 말씀의 복음서엔
주홍 같은 죄도 주님 보혈을 지나면
눈같이 희게 되는
속죄의 은혜를 주신다 했습니다

독생자 예수님을 닮고자 하는
믿음의 자리마다
꽃을 피우고 열매를 맺게 하는
하나님의 교회, 우리 연동교회

뜨거운 찬송이 하늘 문을 엽니다

교회에 가면

고운 눈매에
아침이슬처럼
포근한 정이 묻어납니다
흐르는 물처럼
환한 웃음에 마음이 열리고
마을의 원주민 아이들은
네잎클로버 꽃으로 피어납니다
갖가지 꽃들을 화관처럼 엮으며
서로의 정을 나눌 수 있는 곳
주님의 큰사랑이 있어
빈민가의 외로운 마음도
언제나 따뜻함으로 넘쳐납니다

눈으로 그리는 꿈

그대가 그리운 날이면
한순간의 꿈을 눈으로 그린다
제일 먼저 수채화를 그리고
인물화를 그리고
마지막, 풍경화를 그린다
수채화 속의 그와 내가
인물화 속에서 만나 웃으며
풍경화 속의 오솔길을 걸어간다
둘이서 말없이 걸어간다
무언의 대화가 씨앗이 되어
길 위로 떨어진다
먼 그날을 위해
또 하나의 씨앗으로 떨어진다

그대에게

고요함으로 키운
소중한 내 마음을
두 손에 담아 드립니다

발자국 마다 차오르는
내 그리운 심정을
가슴에 담아 드립니다

받는 복 보다
주는 복이 더 크다기에
헤매는 내 마음까지
그대에게 드립니다

아름다운 무기

찬송은
아름다운 무기입니다
온몸을 다하는 찬송은
주님계신 그곳의 축복입니다

믿음의 반석에서 부르는 찬송은
길이요 진리요 생명 되신
복된 아버지의 나라입니다

늘 청결함을 고집하는 가정은
마음까지도 청결함을 원합니다
넘치는 풍성한 사랑, 승리의 깃발은
당신의 것입니다

묘목으로 심은 눈썹

여자가
얼굴에 묘목을 심는다

눈으로 재고 자로 확인하며
구덩이를 파고 촘촘히 심는다

까칠한 눈썹을 부드럽게 굴리고
손에 힘을 주며 숨어있던
실력을 발휘한다

그녀의 반달눈썹이
거울 속에서 태어났다
반사된 웃음이
무성한 숲이 되어 깊어진다

봄이 오는 소리

얼어붙은 땅으로
봄이 오고 있어요
들녘에는 간지러운 바람이
귓불에 입 맞추며 웃네요
그리움은 어느새 머리를 들고
까치발을 키우며
포근한 세상을 향해 가네요

척박한 마음으로
봄이 오고 있어요
머리칼에 빗질을 하면
두툼하던 각질이 떨어지네요
손이 많이 간다는 칠순의 소녀는
온종일 거울 앞에 서서
이마의 잔주름을 달래주네요

내가 준 선물

선물로 받은 시를
조심스럽게 읽는 그의 얼굴에
웃음이 번져간다

그는 자신의 삶의 질이
한 단계 오른 것 같다고
자부심이 가득한 얼굴이다

한 사람, 한 사람에게 보내는
마음들을 묶어내다 보면
교회 식구들은 모두
한 편이 되고 한 권이 되어
따뜻한 눈길을 보낸다
서로를 위로하고 격려하며
미래의 소망을 위해 함께 나간다

2부

이국의 밤비

이국의 밤비

천둥이 고요를 흔들면
번개가 불을 뿜듯
굵은 빗발이 내리친다
쏟아지는 빗줄기에
흠뻑 젖는다
먼 곳에 대한 그리움으로
가슴이 베어나간다
주룩주룩 그칠 줄 모르는
페낭의 밤비소리
돌아누워도 여기는 이국
내 마음 둘 곳
어디에도 없다

주님의 해바라기

당신은
주님의 해바라기 되어
주님만을 노래합니다
환한 미소가 아름다운 당신은
선한 이웃과 함께 곱게 키운
해바라기 씨앗을 매만지면서
풍성한 믿음의 수확을 열어갑니다

당신의 찬송은
우리들의 기도 속에서
성령님이 운행하시는
축복의 귀한 통로입니다

시인
–독자로부터

언제부터였을까
그녀의 얼굴이
울은 듯, 웃고 있는 평안을 찾게 된 건

언제부터였을까
그녀의 목소리가
가슴 울리는 깊은 떨림을 갖게 된 건

언제부터였을까
그녀의 손이
우는 이의 마음을 토닥거리게 된 건

언제부터였을까
그녀의 마음이
한 영혼, 한 영혼을 노래하게 된 건

그녀의 평안이
떨리는 목소리에 실려
시가 되기 시작한 것이 정녕
언제부터였을까

봉숭아 꽃씨

그녀의 얼굴에
봉숭아꽃이 피었다

꽃대가 싱그러운 여름날
봉숭아꽃보다 진한 믿음으로
이웃의 엄지공주 검지공주 불러놓고
손톱에 들이던 빨간 꽃물
사랑으로 감싸주면서
한 생명이 천하보다 귀하다는
주님의 말씀을 들려주었다

봉숭아 꽃씨가 익어갈 때면
믿음으로 터트린 말씀의 씨앗이
사방으로 흩어져 퍼져간다

축복의 통로

햇볕 따사로운 양지쪽에
이슬 머금은 풀잎이 눈부신 날
주님의 은혜가 성령 충만함으로 넘칠 때
팔색조의 빛으로 그녀를 초대합니다

통송의 곡조가 울려 퍼지는 날
연동의 집회에 축복의 통로가 되어
소리 높여 하나님께 찬송을 올립니다
그녀가 있기에 통송 집회는 큰 은혜가 됩니다
하나가 둘이 되고, 셋이 되고, 모두가 되어
믿음의 찬송이 더욱 뜨거워집니다

노인과 소년

얼굴을 모른 채
화려한 이력을 보면서
머리가 희끗한 노인인줄 알았어요

그 분을 만나고 보니
사실은 육순에 가까운
이 시대의 꽃 청년 이었어요

맑은 영혼으로
믿음의 가치관으로
굴곡 진 지난날을 돌아보며
우리들의 믿음의 재건을 위해
주님의 말씀을 전하시는 분

알고 보니 그 분은
톡톡 튀는 가슴속, 푸름 가득한
영원한 소년 이었어요

십자가 군병

당신은
말씀으로 무장한
십자가 군병입니다

어린 생명을
천하보다 귀하게 여기시며
주기도문과 사도신경의 가르침으로
강하게 무장시키며
믿음의 반석으로 이끌어줍니다

주님 주시는 성령의 역사하심으로
참되고 진실하게 성장하기를
언제나 기도합니다

오직 맡은 자리에서 충성하며
마귀권세와 싸우시는
당신은 진정
십자가 군병이십니다

찔레꽃

한여름 밤
하얗게 불 밝히는
찔레꽃 향기처럼

그녀의 믿음은
주님을 향하고 있습니다

조용한 웃음으로
믿음의 형제를 보살피는
그녀의 향기는 주님 닮은 소망이고
그를 위한 또 하나의 축복입니다

그녀의 뜨거운 믿음은
큰 힘이 되어 섬기는 마음으로
아픈 이웃을 찾아갑니다

하나님의 말씀

주의 자녀는
하나님 말씀을 지키며
두 마음을 품지 말라 명령 하셨습니다

우리 마음 판에 새겨주신 십계명
울림으로 다시 되짚어주십니다

성경 말씀을 통해서 우리 믿음을
일깨우고 깨닫게 하십니다

하나님의 법도를 가벼이 여기지 말 것을
모두에게 당부하시며 말씀 안에서
우리를 복된 길로 이끌어주십니다

작은 것에 감사하면 더 큰 감사를 주시는
그 말씀에 조금씩 눈을 뜨면서
장미꽃 가시의 감사로
머리에도 가슴에도
말씀의 퍼즐 맞추며 갑니다

오십 링깃에 팔린 노년의 인생

외식하고 돌아오는 저녁
좌석이 모자란다는 식구들

택시 한 대 불러놓고
손자와 손자 친구 녀석들과
서로 눈치 보다가
불편한 심기로 떠밀리고 말았다

우버택시에 팔려가는 노년
오십 링깃에 낙찰된 인생
푸석한 먼지가 휘돌았다
무거운 한숨이 발등을 짓눌렀다

작은 천사

체구가 작은 그녀는
자신의 몸보다 세 배는 큰 남편을
간호하는데 정성을 쏟는다

병마와 싸우는 남편을 위해
집과 병원을 오가면서도
누구의 손도 빌리지 않는다

입맛 없는 남편에게
아이처럼 이유식을 만들어주고
밖에 나갈 때면 휠체어에 태워
그림자처럼 붙어 다닌다

변함없이 환한 얼굴과 미소로
남편을 보살피는 그녀
고목나무처럼 푸석해져가는 남편이지만
사랑하는 사람이기에 대소변도 향기롭다는
천사의 고백은
눈물 보다 뜨겁고 진했다

오월의 풀꽃처럼

오월의 벌판에서
아름다운 풀꽃이 자랍니다

하나님 주신 자연 속에서
예쁜 꽃으로 사랑을 전합니다

엄마 말씀 잘 듣고 착한 일을 했다고
하나님의 손길이 효린의 어깨 위에
오월의 초록빛 훈장을 달아줍니다

효린은 엄마 손을 잡고
동화 속 파랑 나비가 되어 날아갑니다

하늘에는 효린이가 그린
엄마 얼굴, 효린의 얼굴이
구름 되어 떠다닙니다

참새 방앗간

페낭의 모닝 마켓은
참새 방앗간이다
아침마다 찾는 그곳에는
각종 국수와 별미가 시선을 잡는다
식생활에 필요한 채소와 생선
그 옆에는 별별 패션을 자랑하는 옷걸이들
곱게 손질된 헌옷들은 5링깃, 10링깃으로
알뜰한 살림꾼들 손에 팔려간다
생활이 빠듯하건, 넉넉하건
모두 참새 방앗간을 지나치지 못한다
눈에 드는 옷을 놓칠까
단숨에 장바구니에 담는 손님들
방앗간의 한 번 고객은
어쩔 수 없이 영원한 참새가 된다

보리 굴비

보리 짚에 구워먹는다는
보리 굴비를 마주한 날
살짝 익히고 노릇노릇 구워
녹차 물에 말은 밥에 올려먹는다

입 안 가득 굴비 살이 차고
싱싱한 바다 내음
뼛속으로 녹아내린다

말없이 제 살을 내어주고
잘려나간 지느러미
너의 살이 내 살이 되고
우리 인연이 마른 헤엄치기를 한다

내 육신을 네가 끌고
강으로 산으로 흘러 다닌다

고모 반찬

그녀는 밥상머리에 앉으면
언제나 고모 반찬을 주문한다

상 위의 산해진미는 안중에 없는 듯
고모 반찬을 내놓으라고 떼를 쓴다

고모는 피식 웃으며 옆에 앉는다
반찬이 될 만한 시골 이야기들을
뒤적거리며 맛있게 먹는 그녀

편식이 심한 그녀가
나이가 몇인데 반찬이 떨어지냐며
빨리 내놓으라고 고집을 부리면
고모는 또 주섬주섬
구수하고 맛깔난 추억들을 꺼내어 놓는다

하나님의 일꾼

내가 처음 만난 그분은
구릿빛 얼굴
대기업 건설회사의 총감독

교회 강대상에 서신 그분은
걸쭉한 목소리
하나님의 말씀을 전하는 선교사

성전을 건축하는 사명자
솔로몬의 지혜를 가진 사람
주님께 영광을 올리는 사람

언제나 큰 걸음으로
불모지에 복음을 전하는 사람
기도와 찬송으로
오지의 빈민가를 찾는 사람

벼랑길을 마다않고 달려가며
어린 생명과 한 영혼을
천하보다 귀하게 여기시는

그분은 너무나도 소중한
하나님의 참 일꾼입니다

노신사와 산천어

신사는
칼바람에도 혼자 앉아
구멍 뚫린 강물을 바라본다
세월을 낚는 강태공이 되어
얼음낚시를 꽂아놓고
산천어를 기다린다
흰 눈이 머리를 덮어도
주머니 속에 찬바람이 들어차도
오직 산천어 생각뿐이다
얼어붙은 몸을 녹여줄 짜릿한 손맛
시간이 지날수록
노신사의 산천어 사랑은
더욱 깊어진다

뒤태가 아름다운 여인

젖은 손은 마를 날이 없고
하루는 길고도 짧은 듯

자신을 돌아볼 여유도 없이
남을 챙기고 또 챙기는
그녀는 일당백
뒤태가 아름다운 여인이다

겉으로는 황소보다 힘이 센듯해도
공을 칠 때면 발밑의 꽃이 밟힐까
애써 그 자리를 피해 다니는
여리고 약한 여자

시합에 나가면 일당백을 치고
살림과 자녀교육, 요가 모두
순수한 웃음과 믿음 안에서
일당백으로 마무리 하는

그녀는 언제 보아도
뒤태가 아름다운 여자다

3부

꽃잎 되신 울 엄마

꽃잎 되신 울 엄마
–김홍임 집사님께

오랜 세월동안
자식 위해 한 송이 꽃을
가슴에 키우시던 울 엄마

무거운 발길로
끝없는 광야 같은 엄마의 길에
나 홀로 서 있습니다

오랜 병중에도 노래를 벗 삼아
해바라기 씨앗처럼
알알이 영글어가던 엄마의 삶

빛바랜 문풍지 사이로
불현 듯 황소바람이 찾아와
정 많고 어여쁜 울 엄마 손을 잡고
노래하는 먼 곳으로 떠났습니다

해처럼 밝게 살라며
못난 딸의 가슴에
해바라기 씨앗 하나 심어주고
꽃잎 되어 떠났습니다

아름다운 내조

먼 길 찾아 오셔서
주님을 만나게 하시고
주님을 더 깊이 알게 하시고

새 믿음으로
새 사람 되게 하시고
있는 자리에서 최선을 다하시며
늘 함께 하시는 사모님은
반 목회의 큰 공로자 이십니다

큰 사랑을 실천하시는
아름다운 사모님께
감사의 박수를 보내 드립니다

향기로 말하는 사람

그의 이름을 부르면
은은한 향기로 온다

그의 얼굴에는 언제나
넓고 포근한 마음이
환하게 피어있다

노약자에게 먼저 자리를 양보하고
부드러운 배려로 손 잡아주며

외로움으로 비틀거리는 이가 찾아와
가슴에 얼굴을 묻을 때면

그의 사랑은 노란 풍선 둥실
어깨너머로 날리며
꽃으로 피어난다

시로 쓰는 편지

페낭의 별이 총총한 밤이면
연동의 식구들에게 편지를 쓴다
기러기 엄마들은 하나같이
자녀들의 국제학교 일정으로
늘 바쁜 하루를 보낸다
주일예배에 함께 오는 모습은
한 폭의 그림처럼 사랑스럽다
고만고만한 자식들과 손주들이 예뻐
나는 늘 마음으로 쓰다듬는다
젖은 머리를 질끈 묶어 넘기고
자녀들을 위해 분주한
그녀들의 발걸음은 언제보아도
주님의 사랑처럼 따뜻함을 느끼게 한다

천상의 여인

그대
어디에서 오셨나요
믿음 소망 사랑으로 오신
소중하고 귀한 사람

그대 여인이여
당신의 맑은 눈은
어느 별이 주신 선물인가요
언제 보아도 당신은
향기 잔잔한 천상의 여인입니다

그대를 향해 있는 또 하나의 빛
그윽한 눈으로 바라보는
부부의 인연이
석양처럼 아름답습니다

작은 주방

주일이면
작은 교회의 주방에서
서로의 등과 등을 부딪치며
예쁜 딸들이 식사 준비를 한다
은혜 안에서 예배가 끝나면
식당으로 들어오는 맛있는 점심
언제 배웠는지 먹음직한 반찬들
달인처럼 척척 음식을 해내는
여유 있는 딸들의 노련함
손은 작아도 마음은 큰 보배들

굴 파는 여인

가족들이 여러 날
집을 비울 때면 여자는
어김없이 굴 파기에 도전한다
페낭에서 살림 잘 하기로 소문 난
두 아이의 엄마이기도 한 그녀
집에 윤이 날만큼 깔끔하기로 유명한데
어쩌다가 남의 집에 방문하는 날은
식탁 위의 얼룩이며 반찬들을
예리한 눈으로 살피고 또 살핀다
음식의 신선도와 관리법을
카랑카랑한 목소리로 지적하고
찬찬이 도와준다
집을 떠나기 전부터 열심인
그녀의 신선한 굴 파기 작전은
오늘 다시 시작되었다

숲

이른 아침
아름다운 숲(펄힐)에 가면
쪽쪽새가 내게 입맞춤 한다
나도 새가 되어
함께 쪽쪽, 입을 맞춘다
새벽예배가 끝나고 먼동이 트면
또 다른 새가
맑은 소리로 울어준다
숲 위의 하늘에서
세 개가 되고 다섯이 되는
환상을 보여주는 달과 별
때로는 내 마음처럼
안개비도 내려주며
페낭의 숲은
내 발길을 길게 멈추게 한다

고향을 닮은 그녀

그녀를 처음 본 순간
소박한 그 얼굴에서
그리운 고향을 만났어요
졸졸 흘러가는 시냇물이 보이고
뻐꾸기 노래도 들렸어요

그녀는 따뜻한 눈으로
찔레꽃 향기를 피우고, 까르르
초가지붕 위의 까치들이 합창하는
지난날의 고향집으로
나를 데려갔어요

서울 쥐와 시골 쥐

서울 쥐는 모험을 즐기며
살림살이에 손이 커
상 위에 남은 반찬은
쓰레기통에 쏟아버린다

시골 쥐는 모험이 두렵고
살림살이에 손이 작아
버리는 걸 두려워하여
모든 걸 알뜰하게 챙긴다

시골 쥐는 남은 음식 숨기기에 급급하고
서울 쥐는 매의 눈으로 찾기에 바쁘다

냉장고에서 밖으로
밖에서 다시 냉장고 안으로
들락날락 괴로운 음식들
이 눈치 저 눈치 보느라 납작 엎드렸다

어머니의 농사

어머니는 늘 자식농사에
눈코 뜰 새 없이 바쁘다

제일 좋은 음식 먹이고
제일 좋은 옷 찾아 입히고
제일 좋은 집에 재우며
배움 길에 정성을 다하여
반듯하게 자란 자식들을 마주할 때면
세상을 다 얻은 듯 기쁘다

들판에 쌓인 곡식 단을 바라보듯
나뭇가지에 열린 과실을 바라보듯
어머니의 마음도
기쁨으로 익어가는 것이다

자유로운 영혼

너의 영혼은
어릴 적부터 자유로웠다

누가 뭐라 해도
자신의 생각만을 고집하며 끝까지
너의 승리로 이끌어 갔다
머리가 커가고
진로를 선택하는 시점에서
노트에 졸라맨을 수없이 그리던
그 마음은 어디를 떠돌았을까
발등에 불이 떨어지고도
그림을 그리고 신발을 모으더니
참으로 다행이다 원하는 대로
실컷 디자인을 하게 됐으니

이제 힘주어 말한다
나의 너는 영원히
자유로운 영혼으로 살게 될 거라고

꿈나무를 위하여

그녀가 아끼는 텃밭에는
나무들이 피아노 소리와 함께 자란다

물주고, 거름 주고
그녀의 다정한 손길에
다듬어진 나무들은 오래도록
보는 이의 눈길을 잡아둔다

잠시도 텃밭을 떠나지 못하는 그녀
여행은 포기한 지 오래
쑥쑥 자라는 나무들은
저마다 꽃피고 열매 맺으며
어느새 든든한 버팀목이 되어있다

건반악기의 낮은 음으로
작아지고 또 작아지면서
그녀는 꿈나무들을 위해
모든 자양분을 텃밭에 쏟아준다

공항 패션

페낭근처 여인의 공항 패션
언제 보아도 예쁘다

윤기 흐르는 머리칼에
눈인사도 산뜻하다

조용하고 수줍게 얼굴을 붉히면
네 잎 클로버의 약속처럼
행운이 한 걸음씩 걸어나온다

태양이 쏟아지는 은행나무 아래
아이들 웃음소리 눈부실 때
여인의 공항패션도 열매처럼
파랗게 노랗게 익어간다

신선한 바람으로 온다

그녀는 언제나
신선한 바람으로 온다

새벽을 깨우는 그녀의 믿음은
아침 이슬처럼 영롱하다

두 손을 가슴에 모으며
신실한 기도로 어둠을 밝히고
낭랑한 목소리로 하늘 문을 열어간다

고된 피로가 허공을 치는 날에도
그녀는 충만한 기쁨으로 온다

성전에 차오르는 그녀의 신선한 바람

노래로 함께 걷는다

악기로 연주하는 노래는
한여름 폭포수가 되어 쏟아진다

오랫동안 갈고 닦은 실력으로
그의 몸은 악기가 되어
자유로운 연주를 한다

하나님을 찾아가는 찬송으로
영광 올려드리며
사랑으로 손잡은 연동의 성가대가
하나님 품에서 태어나고 키워진다

귀한 믿음의 찬송
주님의 운행하심으로 장미꽃 가시감사가
감사의 제목이 되어
악보 위를 맨발로 걷는다
가슴으로, 온몸으로, 함께 걸어간다

단풍

고즈넉한 산사의 뒤안길에서
새빨간 단풍을 말없이 바라봅니다
한 해를 마무리 하는 단풍의 빛깔이
어찌 그리도 아름다운지
어찌 그리 사랑스러운지
여러 해, 살아온 날들이
가슴에 귀한 훈장이 되어
나의 삶을 태우고
또 태우려 합니다

4부

그리운 조국

그리운 조국

산 좋고 물 맑은
내 조국은 대한민국입니다

사 계절 뚜렷하고 인심 좋은
대한민국은 내 조국입니다

봄이면 파릇한 새싹이 돋아나고
여름에는 폭포를 이루는 매미울음
산바람 강바람도 빼놓을 수 없고요
가을이면 오곡백과 풍성합니다
겨울이면 지붕 위의 고드름
아이들이 손수 만드는 하얀 눈사람
씽씽 얼음판을 달리는 썰매타기

이곳 말레이시아 페낭에서
사철 뜨거운 열대야의 태양 아래서
조용히 눈감고 불러봅니다
내 조국의 산천을 떠올려봅니다

주님의 마음을 닮은

고운 마음으로
그는 주님의 일을 합니다

한 점 일획도 변함없는
귀하고 귀한 말씀으로
눈과 귀를 닦으며
손과 발을 씻어갑니다

하루를 지나면
손과 발이 더 더러워집니다

맑은 물로 씻고 또 닦으며
새롭게 되기를 기도합니다

아침에 밝은 해가 뜨고
밤에는 둥근 달이 뜨듯
우리의 호흡은
그로 인해 평안합니다

주님 닮아가는 그는
우리들의 아름다운 사람입니다

긴 머리에 핀 꿈

그녀의 긴 머리에
색색의 꿈이 활짝 피었다
허름한 건물 계단을
분홍색으로 물들였다

무릎이 불편해
오르내리기 힘든 계단
또렷하게 생겨난 지지대가
나에게 반가운 악수를 청했다
순간 그녀의 비단머리와
매끄러운 머리칼이 생각났다

부부가 손수 재료를 준비하여
계단의 지지대를 만들어놓고
오른손이 한 일을 왼손이 모르도록
쉬쉬 했다는
겸손한 부부의 후일담

그녀의 긴 머리에 핀 꿈으로
내 다리는 오늘도 편안하다

남자가 차린 밥상

조리대 앞에서 앞치마를 두른
남자의 얼굴에 구슬땀이 맺히고
정성으로 만든 음식이 차려진다

손맛 자르르 한 오이무침과
혀에 묻어나는 쇠고기 장조림
삶은 계란은 비스듬히 누워
손님들의 눈을 바라본다

바라만 보던 여자들이
입을 맞춘 듯 탄성을 터트린다

소문난 잔칫집 밥상은
소문 그 이상 이었다

천사의 노래

주님의 백성들을 위해
꾀꼬리 같은 목소리로
본인의 반주로 찬송가를 통송하며
영성집회를 열어주십니다

우리의 메마른 영혼을 위해
살아계신 하나님의 말씀 안에서
몸과 마음을 다하여
주님의 보혈을 노래합니다

찬송은 더 큰 믿음이 되고
찬송은 더 큰 소망이 되고
찬송은 더 큰 사랑이 되어
아름다운 낙원으로 우리를 초대합니다

한복 장인

팔순을 바라보는
고운 피부가 돋보이는
장인의 하루는 낮밤 구별 없이
톱니바퀴처럼 숨 가쁘게 돌아간다
삼십 년간을 쪽잠 자며
낮에는 손님들 맞이하고
밤에는 맞춤한복을 지어내며
수제자를 키워내기도 했다
여인의 몸으로
먼저 가신 남편의 몫까지 감당하느라
온몸 곳곳에 자리 잡은 통증
등이 활처럼 구부러지고
한 겹씩, 세월의 나이테만 늘었지만
오래된 장인의 솜씨로
한복전시회를 열었을 때는
수많은 축하의 발길과 팡파르
외길 인생에 모두 박수를 보냈다

손끝의 진주

그의 손이 닿는 곳에는
진주가 태어난다

생명의 말씀을 새긴 책 표지엔
부스럼 딱지들이 엉겨있지만

그의 손이 지나는 순간
껍질 속의 빛나는 보석 알이 눈을 뜬다

찢어지고 상처 난 이의 아픔을
밤새워 꿰매어 주는 그의 손끝엔
보이지 않는 바늘과
색색의 실이 숨어있다

병든 노인의 발걸음을 도와주는
그의 얼굴이 온통 진주 빛이다

이방인의 미소

말레이시아 페낭
능청스러운 왕달팽이들이
여행객을 맞이한다
커다란 등껍질과 갈색무늬
부드러운 주둥이를 바닥에 붙인다
낯선 미소가 그를 쓰다듬는다
그 눈길에 몸을 뒤척이는 녀석
미소까지 제 집으로 끌고 간다
크고 작은 달팽이들이 붙은 모습은
이 마을의 진풍경
이방인의 환한 미소 속으로
달팽이들이 하나 둘, 들어와 갇힌다

손녀와 할아버지

할아버지, 저 이다음에 커서
시집가지 않을래요
놀란 할아버지가
왜 그런 말을 하느냐
조심스레 물었을 때
손녀는 심각한 얼굴로
할아버지, 우리 엄마 아빠는
이제껏 한 번도 싸운 적이 없어요

저는 그렇게 살 자신이 없어요
그래서 저는 안 갈래요
절대로
시집가지 않을래요

희야

언제 보아도
넉넉한 가슴으로
손을 꼬옥 잡아주는 희야
주님의 말씀을 겸손함으로
귀한 믿음으로 키워가며
손맛으로 입맛으로
늘 사랑을 베풀어주는 희야
변함없는 모습을 볼 때면
희야, 희야
자꾸 부르고 싶어진다

중2의 반란

누군가는 말한다
이웃나라가 우리나라를 쳐들어오고 싶어도
중2가 무서워서 못 그런다고

시대가 변한 것인지
요즈음 아이들은
중2병을 지독하게 앓는다

귀엽고 깜찍하던 손녀들도
그 병으로 부쩍 뾰족해졌다

여기저기서 콕콕
바늘들이 찔러댄다
손녀와 외손녀를 대하느라
나도 어느새 바늘에 되어간다

사랑 밖에 모르는 가족

하나님의 도우심으로 그들은
가슴으로 낳은 아기를 키운다
선교사업에 힘쓰는 엄마아빠는
두 딸을 국제학교에 보내면서
행복한 웃음으로 아이를 키운다

사명을 감당하랴 식구들을 돌보랴
몸이 모자라지만
아기는 사랑을 먹으며 자란다
튼실한 우량아로 점점 커 간다

총각 때부터 아빠가
가슴으로 낳은 아이를 바랐다는데
그 바람대로 아기는
아빠의 부리부리한 눈과
싱글벙글 웃는 얼굴을 꼭 닮았다

아기를 볼 때 마다
그 분들을 존경하는 마음이 앞선다
할아버지와 할머니

아빠와 엄마, 누나들 모두
그 집 식구들은, 사랑 밖에
아기를 위한 사랑 밖에 모른다

황혼의 기도

노년의 차오른 해가
하루하루 저물어 갑니다
그러나 믿음만은 언제나
떠오르는 해가 되게 하소서

알찬 소망으로
모두를 사랑하게 하소서

하나님의 나라와 민족을 위한 기도에
자녀들의 기상을 더욱 북돋워주시고
주안에서 승리하는 나날 되게 하시고
하나님의 말씀에 순종하게 하소서

우리의 황혼을 내내 아름답게 하시고
창문에 비추인 밝은 달빛 되게 하소서
밤하늘에 빛나는 별빛 되게 하소서

내가 만난 천사

얼마 전, 우리 교회가 돕고 있는 빈곤가정을 찾기 위해 멀리 소형 임대 아파트를 찾아갔었다. 사정이 제일 딱한 발리 아주머니 집으로 가는 길, 안내를 맡은 뭄따주 아주머니가 오토바이를 타고 씩씩한 모습으로 마중을 나왔다.

아파트에 당도하자 아주머니는 엘리베이터 입구에서부터 절룩이며 걸어가고 있었다. 알고 보니 그녀는 심한 무릎관절통으로 고생하는 중이었던 것이다. 머릿속에 자란 혹 때문에 가끔씩 기절도 하는 그녀지만, 언제나 밝고 씩씩한 모습으로 자신 보다 더 가난하고 힘든 이웃의 식사를 챙기고 있었다. 어려운 환경 속에서도 여든다섯 가정에 직접 음식을 만들어 제공하는 숨어있는 천사였다.

용무를 마치고 발리 아주머니 댁을 나온 후, 그 천사는 우리 일행을 그냥 보내지 않고 자신의 집으로 데려가 미리 준비해 둔 인디안 커피와 먹을거리를 대접했다. 하우스 오브 로프를 위해 열심히 일하는 뭄따주 아주머니, 쾌활하고 적극적이며 또한 봉사정신이 강한 그녀를 향해 나는, 엄지손가락을 치켜세우며 '천사' 라고 크게 불러주었다. 그리고 꼬옥 안아주었다.

발리 아주머니

빽빽이 들어선 고층 소형아파트는 몸집이 큰 사람 둘이 움직이면 부딪힐 정도로 매우 좁았다. 집 호수를 확인하고 문을 두드리자 간신히 자리를 털고 일어나는 나이 지긋한 아주머니. 거실에 앉아 둘러보니 작은 상 위에는 웃고 있는 작은 딸의 영정사진이 놓여있고, 긴 머리 위로 피어오르는 향불이 슬픔을 달래주고 있었다.

몸이 불편한 어머니와 세 딸이 모두 근육질환과 신장병으로 고생을 했었는데 지난 해 말에 셋째 딸은 같은 병으로 떠났고, 둘째도 근육질환으로 불편한 상태이며, 온몸이 부어있는 첫째는 항상 누워서 지낸다고 했다. 어머니인 아주머니는 한 달 후에 있을 암수술을 앞두고 있다며 한숨을 쉬시는 거였다.

알고 보니 발리 아주머니는 올해로 사십 오세가 된다고 했다. 워낙 고생이 심했던 터라 겉으로 보이는 모습이 영락없이 할머니였던 것이다. 안타까운 마음을 뒤로 하며 가져온 선물과 작은 정성을 전해 드렸지만 쉽게 잊히지 않을 것 같았다. 부디, 주님의 전능으로 치유와 회복의 기적이 일어나기를 빌며, 한 걸음씩 기도하는 마음으로 발걸음을 옮겼다.

추천사

이동호(페낭연동교회 목사)

제가 이은순 님을 알게 된 것이 올해로 벌써 4년째가 되는 것 같습니다.

곁에서 보는 이은순 님은 다른 사람을 언제나 배려하고, 또한 자연을 지극히 아끼고 사랑하는 분이셨습니다. 새벽 길 위를 느릿느릿 기어가는 달팽이를 보시고는 행여나 다른 이의 발길에 해를 입지는 않을까 염려하시며 길가로 옮겨주시곤 하는 따뜻한 마음의 소유자이셨지요.

이 시집의 글 속에도 이은순 님의 사람을 사랑하고 자연을 아끼는 고운 마음이 오롯이 담겨 있습니다. 이런 사랑은 현대를 살아가는 우리 모두에게 소중한 가치이기에 독자 분들께서도 이 글들을 통해서 사랑의 소중한 가치를 함께 느끼고 나누어 보셨으면 하는 마음에 감히 일독을 권합니다.

이은순 님, 새로운 시집을 출간하게 되심을 진심으로 축하드립니다!

이은순 시집

항아리 속에 담긴 기도

발행처 · 도서출판 **책마루**

발행인 · 박영봉

편집고문 · 김가배

편집 · 박혜숙

등록 · 2009년 1월 2일 제389-2009-000001호

2019년 3월 25일 초판 1쇄 발행

공급처 · 가나북스(☏031-408-8811)

주소 422-240 경기도 부천시 소사구 심곡본동 539-9 (3층)

대표전화 070-8774-3777

010-2211-8361

팩스 032-652-7550

http://cafe.daum.net/chaekmaru

E-mail · seepos@hanmail.net

ISBN · 978-89-97515-30-1 (03800)